아버지와 아들이 당나귀를 팔러 장에 가요.
귀가 얇은 두 사람은 남의 말만 듣다 보니
가는 내내 당나귀를 탔다가 내렸다가 하지요.
과연 무사히 장에 도착할 수 있을까요?

추천 감수_ 서대석
서울대학교와 동 대학원에서 구비문학을 전공하고 문학박사 학위를 받았습니다. 한국 구비문학회 회장과 한국고전문학회 회장을 지냈으며, 1984년부터 지금까지 서울대학교 인문대학 국어국문학과 교수로 재직 중입니다. 〈한국구비문학대계〉 1-2, 2-2, 2-6, 2-7, 4-3 등 5권을 펴냈으며, 쓴 책으로 〈구비문학 개설〉, 〈전통 구비문학과 근대 공연예술〉, 〈한국의 신화〉, 〈군담소설의 구조와 배경〉 등이 있습니다.

추천 감수_ 임치균
서울대학교 대학원에서 고전소설 연구로 문학박사 학위를 받고 현재 한국학중앙연구원 한국학대학원 어문예술계열 교수로 재직 중입니다. 한국학중앙연구원에서 문헌과 해석 운영위원으로 활동하고 있으며, 고전소설의 대중화 방안을 연구하여 일반인들에게 널리 알리는 일에 앞장서고 있습니다. 쓴 책으로 〈조선조 대장편소설 연구〉, 〈한국 고전소설의 세계〉(공저), 〈검은 바람〉 등이 있습니다.

추천 감수_ 김기형
고려대학교와 동 대학원에서 구비문학을 전공하고 문학박사 학위를 받았습니다. 현재 고려대학교 문과대학 국어국문학과 부교수로 판소리를 비롯한 우리 문학을 계승 발전시키기 위해 노력하고 있습니다. 쓴 책으로 〈적벽가 연구〉, 〈수궁가 연구〉, 〈강도근 5가 전집〉, 〈한국의 판소리 문화〉, 〈한국 구비문학의 이해〉(공저) 등이 있습니다.

추천 감수_ 김병규
대구교육대학을 졸업하고 한국일보 신춘문예에 동화가, 중앙일보 신춘문예에 희곡이 당선되면서 작품 활동을 시작했습니다. 대한민국문학상, 소천아동문학상, 해강아동문학상 등을 수상했으며, 현재 소년한국일보 편집국장으로 재직 중입니다. 쓴 책으로 〈나무는 왜 겨울에 옷을 벗는가〉, 〈푸렁별에서 온 손님〉, 〈그림 속의 파란 단추〉 등이 있습니다.

추천 감수_ 배익천
경북 영양에서 태어났습니다. 1974년 한국일보 신춘문예에 동화가 당선되었고, 〈마음을 찍는 발자국〉, 〈눈사람의 휘파람〉, 〈냉이꽃〉, 〈은빛 날개의 가슴〉 등의 동화집을 펴냈습니다. 한국아동문학상, 대한민국문학상, 세종아동문학상 등을 받았으며, 현재 부산 MBC에서 발행하는 〈어린이문예〉 편집주간으로 일하고 있습니다.

글_ 이붕
목포에서 태어나 1986년 월간문학 신인상에 동화가 당선되면서 본격적으로 글쓰기를 시작했습니다. 1996년 장편동화로 눈높이아동문학상을 받았으며, 제1회 한우리청소년문학상 장편 동화 부문에서 대상을 수상했습니다. 쓴 책으로 〈호호 병원〉, 〈아빠를 닮고 싶은 날〉, 〈물꼬할머니의 물사랑〉, 〈5학년 10반은 달라요〉 등이 있습니다.

그림_ 김박
1959년 잡지 아리랑에서 공모한 제1회 카툰 상에 당선되면서 본격적으로 그림을 그리기 시작했으며, 평화신문의 문화부 기자로 만평과 시사 만화를 그렸습니다. 1976년 한국잡지문화 기자상을 수상하였으며 현재 프리랜스 일러스트레이터로 활동하고 있습니다. 그린 책으로 〈해님과 달님〉, 〈시끄러운 생글이〉 등이 있습니다.

소년한국
우수어린이
도서수상

〈말랑말랑 우리전래동화〉는 소년한국일보사가 국내 최고의 도서 제품을 선정하여 주는 우수어린이 도서를 여러 출판사의 많은 후보작과의 치열한 경쟁을 뚫고 수상하였습니다.

말랑말랑 우리전래동화

⑬ 웃음과 풍자
별난 당나귀 타기

발 행 인 박희철
발 행 처 한국헤밍웨이
출판등록 제406-2013-000056호
주　　소 경기도 성남시 분당구 금곡동 444-148
대표전화 031-715-7722
팩　　스 031-786-1100
편　　집 이영혜, 이승희, 최부옥, 김지균, 송정호
디 자 인 조수진, 우지영, 성지현, 선우소연
사진제공 이미지클릭, 연합포토, 중앙포토

별난 당나귀 타기

글 이봉 그림 김박

👫 한국헤밍웨이

옛날 옛날에, 마음씨 착한 아버지와 아들이 있었어.
둘 다 얼마나 착한지 남과 다툴 줄도 몰랐어.
하지만 착하기만 하면 뭐 해.
스스로 뭘 할 줄을 모르는 답답이들이었어.
귀가 얇아서 남들이 하라는 대로만 했지.

어느 날, 아버지가 걱정스러운 투로 말했어.
"당나귀를 팔아야 하는데 어떻게 해야 할까?"
이 말을 들은 이웃 사람이 말했어.
"오늘이 장날이니 장에 가서 팔구려."

"그래, 그게 좋겠군."
아버지는 당나귀를 끌어내어 장에 갈 준비를 했어.
목욕도 시키고 털도 골라 주었지.
아내가 그걸 보고 말했어.
"장에 가려거든 큰애도 데려가세요."
"그래, 그게 좋겠군."

"아들아, 네 엄마가 장에 같이 가라고 하는구나."
한쪽에 멍하니 앉아 있던 아들이 대답했어.
"그래요. 그게 좋겠어요."
터벅터벅, 타박타박.
아버지는 앞에 서고 아들은 당나귀 뒤에서 걸어갔지.

두 사람이 이웃 마을을 지날 때였어.
나물 캐던 처녀들이 둘을 보며 말했어.
"저 사람들 좀 봐. 당나귀를 놔두고 왜 힘들게 걸어가지?"
"그러게 말이야. 한 사람이라도 타고 가면 편할 텐데."
하하, 호호, 깔깔, 처녀들은 배꼽을 잡고 웃었어.

광주리를 허리에 낀 처녀가 두 사람에게 말했어.
"당나귀 팔자가 제일 나아 보여요."
아버지는 부끄러워졌어.
'그래, 저 처녀들 말이 옳아.
당나귀는 타라고 기르는 거잖아.'

아버지가 아들을 당나귀에 태우며 말했어.
"얘야, 너라도 당나귀를 타려무나."
"그래요. 그게 좋겠어요."
아들은 걷지 않아도 되니 좋을 수밖에.
아들은 당나귀에 올라앉아 헤벌쭉거렸어.
아버지는 고삐를 잡고 앞서 걸었지.

또 다른 마을을 지날 때였어.
나무 아래에서 장기를 두고 있던
수염이 허연 노인들이 두 사람을 보고 말했어.
"장기 두는 사람 어디 갔나?"
"지금 장기가 문제인가. 저것 좀 보게.
늙은 아비는 힘들게 걸어가는데
아들놈은 나귀를 타고 앉아 웃고 있잖은가."

"아니 저런 버르장머리 없는 아들이 있나?"
"자식 교육을 제대로 못 시킨 아비가 한심하군."
노인들은 쯧쯧 혀를 차며 두 사람을 손가락질했어.
아버지는 부끄러워서 얼굴을 들 수 없었어.
'아이고, 이게 무슨 망신이람.'

아버지는 아들에게 내리라며 말했어.
"얘야, 너를 불효자로 만들 수는 없구나.
내가 탈 테니 넌 걸어라."
"그래요. 그게 좋겠어요.
저도 효자라는 소리를 듣는 게 좋아요."
이번엔 아들이 고삐를 잡고 타박타박 걸어갔어.

장으로 가는 길은 꽤 멀었어.

이번에는 아이를 업고 장에 가는 아낙네들을 만났지.

아낙네들이 두 사람을 보고 수군거렸어.

"어머, 다리 아프게 어린 아들을 걸어가게 해요."

"자기만 편하게 가다니 정말 나쁜 아버지네요."

아버지는 얼굴이 화끈거렸어.
아낙네들의 말이 옳은 것 같았거든.
"저런 인정머리 없는 아버지는 처음 봐요."
아낙네들은 두 사람을 뒤따라오며 계속 수군댔어.

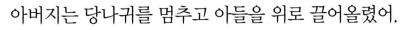

아버지는 당나귀를 멈추고 아들을 위로 끌어올렸어.
"얘야, 함께 타고 가는 게 좋겠구나."
"그래요. 그게 좋겠어요."
이번에도 아들은 아버지가 시키는 대로 했어.
두 사람을 태운 당나귀는 땀을 뻘뻘 흘리며 걸어갔지.

21

아버지와 아들이 방앗간 앞을 지날 때였어.
방앗간 주인이 버럭 화를 내며 말했어.
"이보시오. 아무리 말 못 하는 당나귀라고
그렇게 고생을 시켜도 되는 거요?"
아버지는 갑자기 당나귀에게 미안해졌어.
'저 사람 말이 맞아. 날마다 일만 하다가
팔리는 날까지 고생이구나.'

"애야, 어서 내리자. 우리가 너무했구나."
아버지와 아들은 당나귀에서 내렸어.
하지만 아버지는 어찌해야 할지 몰랐어.
처음과 똑같이 되어 버린 거잖아.

아버지는 두리번두리번 주위를 둘러보았어.
그러더니 들판에서 일하는 가족에게 다가가 물었어.
"이 당나귀를 타고 가야 할까요? 그냥 끌고 가야 할까요?"

가족들은 저마다 생각이 달랐어.
"당나귀도 힘들 테니 그냥 걸어가세요."
"타고 가야지. 날도 더운데 걸으면 힘들잖아요."
아버지는 어찌할 줄 몰라 다시 물었어.
"그럼 아들을 태워야 하나요, 제가 타야 하나요?"

가족의 생각은 또 제각각이었어.
"어른이 타야지요."
"어린아이를 태우는 게 옳아요."
"버릇없이 왜 아이를 태워?"
"어른보다는 아이가 약하잖아요."

'괜히 우리 때문에 싸우는구나.'
가족끼리 다투자, 아버지는 미안해져서
슬그머니 그 자리를 떠났지.
아버지와 아들은 나무 그늘에 앉아
어떻게 해야 할지 생각에 잠겼어.

그때 한쪽에서 쉬고 있던 나그네가
아버지에게 다가와서 물었어.
"장에 가는 길인가 본데 왜 그렇게 앉아만 있소?"
아버지는 나그네에게 지금까지 일어난 일을 들려주었어.
나그네는 허허 웃으며 한마디 했어.
"그럼 둘이서 당나귀를 메고 가구려."

아버지는 나그네의 말이 옳다고 생각했어.
'옳지, 그런 방법이 있구나.'
아버지와 아들은 당나귀를 긴 장대에 묶어
양쪽에서 어깨에 메고 걷기 시작했어.
얼마나 무거운지 땀이 비 오듯 쏟아졌지.

두 사람은 휘청휘청 낑낑대며 개울을 지나려 했어.
개울에는 아이들이 물놀이를 하고 있었지.
아이들은 아버지와 아들의 모습을 보고
배꼽이 빠져라 웃어 댔어.

"야, 저것 봐. 사람이 당나귀를 메고 가."
"으하하하, 당나귀한테 빚진 게 있나 봐."
아이들이 물장구를 치며 깔깔 웃어 댔어.
그 소리에 놀란 당나귀가 버둥거리자,
아버지와 아들은 그만 장대를 놓치고 말았지.
당나귀는 개울에 풍덩 빠져 버렸어.
두 사람은 발을 동동 구르면서도
당나귀를 바라보기만 할 뿐이었어.
누가 건져 내라고 시키기 전에는
그저 보고 있을 수밖에.

전래 동화로 미리 배우는 **교과서**

🐸 나무 아래에서 장기 두던 노인들은 왜 아버지와 아들을 보고 호통을 쳤나요?

🐟 자기 생각 없이 남의 말만 따르다가 결국 아버지와 아들은 메고 있던 당나귀를 물속에 빠뜨려요. 여러분도 자신의 생각과 달리 남이 시키는 대로만 한 적이 있다면 말해 보세요.

🐟 아래 그림을 보면서 일이 일어난 순서대로 번호를 쓰고, 아버지와 아들이 왜 당나귀를 번갈아 타는지 이유를 말해 보세요.

꼭 알아야 할 작품 속 우리 문화

고삐

소나 말은 코뚜레와 재갈 등에 고삐가 연결되어 있어요. 고삐를 잡고 이끄는 대로 말이 따라오지요. 말을 타고 달릴 때도 고삐를 당기면서 속도를 조절해요. '고삐 풀린 말.'이라는 말은 버릇없이 제멋대로인 상태를 뜻하기도 해요.

안장

말 위에 의자처럼 얹어서 앉기 좋게 한 것을 안장이라고 해요. 말 등에 바로 타면 엉덩이가 아프고, 빨리 달리면 미끄러져 떨어질 수 있지요. 그래서 안장을 말 등에 얹고 그 위에 타는 거예요. 지금 승용차를 타듯이 옛날에는 말을 사용해 먼 길을 오갔어요.

달구지

예전에는 소나 말에 수레를 연결해 짐을 실어 운반했어요. 소나 말에 연결한 짐수레를 달구지라고 해요. 수레바퀴가 양쪽에 달려 있고, 줄이나 장대로 연결했지요. 남부 지방에서는 짐수레에 줄을 주로 매달았고, 북부 지방에서는 장대를 매달았다고 해요.

조상의 지혜를 배우는 속담 여행

〈별난 당나귀 타기〉에서 아버지와 아들은 무엇이든 남들이 하라는 대로 따라 했어요. 스스로 판단하거나 합리적으로 생각하지 않고, 남의 말만 그대로 곧이들은 거예요. 여기에서 배울 수 있는 속담을 알아보아요.

귀가 항아리만 하다

줏대 없이 남이 말하는 것을 무조건 믿고 받아들이는 상황을 이르는 말이에요.

전래 동화로 미리 배우는 교과서

🐸 나무 아래에서 장기 두던 노인들은 왜 아버지와 아들을 보고 호통을 쳤나요?

🐟 자기 생각 없이 남의 말만 따르다가 결국 아버지와 아들은 메고 있던 당나귀를 물속에 빠뜨려요. 여러분도 자신의 생각과 달리 남이 시키는 대로만 한 적이 있다면 말해 보세요.

🦋 아래 그림을 보면서 일이 일어난 순서대로 번호를 쓰고, 아버지와 아들이 왜 당나귀를 번갈아 타는지 이유를 말해 보세요.